COUPS DE BALAI

Impromptus poétiques

PAR

Jules MULLET

AVEC PRÉFACE

DE

J.-B. CLÉMENT

EN VENTE

Chez

L'AUTEUR

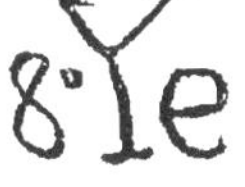

6, IMPASSE DE LA GAITÉ, 6

et chez les principaux *Libraires du XIVme arrondissement*

PARIS

1899

COUPS DE BALAI

Un bon " COUP DE BALAI "

Encore et encore beaucoup de coups de balai !

Sur la demande d'un grand nombre de ses amis, le citoyen Jules Mullet fait paraître un recueil de ses œuvres les plus connues, c'est-à-dire celles qui ont été si souvent applaudies dans les réunions et dans les fêtes familiales ouvrières, ainsi que celles parues déjà dans certains journaux ou en fascicules à 10 centimes.

Le citoyen Jules Mullet est un modeste qui, en éditant ce recueil, n'a songé ni à la renommée, ni aux bénéfices qu'il en pourrait recueillir. Il n'a eu d'autres intentions que de réunir en un volume dont le prix serait à la portée de tous, les chansons, les monologues satiriques, réalistes, anti-cléricaux et socialistes que les événements et les arlequins de la politique lui ont inspirés.

Jules Mullet n'est pas un parnassien échappé des lycées, c'est un enfant du peuple élevé à la rude école du travail, et ce n'est qu'après avoir accompli sa journée d'ouvrier qu'il peut se donner le loisir de penser librement et de rimer un monologue réaliste ou quelques couplets socialistes.

N'ayant que l'instruction qu'il sut acquérir par lui-même, ce qui nous le rend plus méritant et plus sympathique encore, ne songeant qu'à exprimer franchement sa pensée, il ne se soucie que fort peu des règles qui régissent l'art de la versification.

Les parnassiens ne manqueront pas de lui en faire un reproche, mais les camarades de luttes et de travail ne lui en voudront pas. Ils chanteront ses chansons lui tenant compte de ses bonnes intentions et lui sachant gré surtout d'avoir exprimé leurs sentiments, leurs plaintes et leur profond mépris des saltimbanques de la politique, des partisans du trône et de l'autel, des apôtres du capital qui cherchent par tous les moyens en leur pouvoir à entraver la marche du progrès et l'affranchissement des opprimés.

Car à part que dans les chansons et monologues de Jules Mullet la pensée est à la fois généreuse et humanitaire, le sujet toujours bien choisi et toujours de circonstance.

Il y a en lui l'étoffe d'un chansonnier à la note frondeuse et populaire, gouailleuse et satirique.

Et comme nous avons encore beaucoup à faire pour arriver à la réalisation de notre idéal de justice, de liberté et d'égalité, beaucoup à faire pour déblayer le terrain et nettoyer les écuries d'Augias, nous ne saurions trop engager le citoyen Jules Mullet à ne pas s'en tenir à son premier coup de balai.

J.-B. CLÉMENT.

VIV'BOULANGER !

Y FAUT L'TOMBER !

Le *Quatorze* après la revue
Chacun entendait dans la rue
Viv'Boulanger !
Clémenceau dit : Sur ma parole,
Ma popularité y m'vole ;
Y faut l'tomber !

Y'avait d'ces types qui s'coiffent très haut,
Qui beuglaient pour *quarante* pellos
Viv'Boulanger !
Quelqu'autre à la mine aussi louche
Braillant pour les *trente* ronds qu'il touche
Y faut l'tomber !

Il se trouvait des embrions
Qui chantaient sur l'air des lampions
Viv'Boulanger !
Puis des p'tits crevés qui gueulaient
Au sortir des estaminets
Y faut l'tomber !

Du *Vacher* au propriétaire,
Du sans l'sou jusqu'au millionnaire
Viv'Boulanger !
Etait ce qui s'disait partout,
Mais il y avait contre-coup
Y faut l'tomber !

Pour *Griè*, ils étaient à l'aise
Les farceurs de la rue de *Sèze*
Viv'Boulanger !
Mais ça n'arrêtait pas l'caquet
Des peureux de la rue *Cadet*
Y faut l'tomber !

C'était un'vraie cacophonie
La foule en était ahurie
Viv'Boulanger !
Tintait à l'oreille du passant
Qui disait en se retournant
Y faut l'tomber !

De loin l'on croyait voir un gosse
C'était *Naquet* roulant sa bosse,
Viv'Boulanger !
Disait-il. *Millevoye* répondaient
De maîtres nous ne voudrons jamais;
Y faut l'tomber !

Cassagnac-Autorité dit,
Meyer dans le *Gaulois* écrit :
Viv'Boulanger!
Mais *Hervé* disait dans l'*Soleil* :
J'n'ai jamais vu bandit pareil
Y faut l'tomber!

La *Haute*-Cour va se réunir
A c'moment l'on entend plus dire
Viv'Boulanger!
Mais les cadettistes à voix *Basse*
Disent il faut qu'ça pette ou s'ça casse
Y faut l'tomber!

Rochefort dit dans l'*Intransigeant* :
Profitez-en c'est l'vrai moment
Viv'Boulanger!
Tous il nous faut jeter ce cri,
Car si sur lui s'abat l'oubli
Y faut l'tomber!

Ses vrais amis, ses vieux frangins
Lui conseillent d'aller à *Prangins*
Viv'Boulanger!
Là il verra l'ami *Plonplon*
Mais s'il ne rapporte pas d'pognon
Y faut l'tomber!

Il fut voir, chacun s'en rappelle,
Le *Papa* du petit *Gamelle.*
Viv'Boulanger !
Lui dit c'monarqu' *in partibus.*
Mais s'il veut s'coiffer d'mon gibus
Y faut l'tomber !

L'on dit même qu'il vit l'vieux *Léon*
Le *Pape* le *treizième* de ce nom ;
Viv'Boulanger !
J'dirai, en priant sainte Ursule,
Mais s'il ne veut baiser ma mule
Y faut l'tomber !

Dès *Laur Laguerre* commença
Chaqu'parti eut son avocat
Viv'Boulanger !
Disait l'un. *Pelletan* répondait
Moi je dis comme *Henry Maret*
Y faut l'tomber !

Mermeix, dit, il faut qu'ça finisse ;
J'm'en vais publier ma coulisse
Viv'Boulanger !
Fut l'cri étant sur la sellette.
Mais maint'nant qui n'y' a plus d'galette
Y faut t'tomber !

Quand les coulisses furent publiées
Et les fonds d'*Uzès* bien usés
Viv'Boulanger !
Se disait alors rarement
Et l'on répétait carrément
Y faut l'tomber !

Roche fait comm'*Granger* qui échange
Le socialisme pour la boulange
Viv'Boulanger !
Dis'nt-ils tous deux actuellement.
Mais s'il vient un chambardement.
Y faut l'tomber !

Lávy est donc bien partagé,
Faut-il oui ou non le tomber ?
Viv'Boulanger !
Dit l'un, l'autr'dit n'faut pas attendre
Y n'vaut pas la corde pour le pendre
Y faut l'tomber !

Millerand qui ne perd pas la carte
Dit, je n'veux plus d'un *Bonaparte*
Viv'Boulanger !
Ne doit pas être notre cri,
Faut lui faire comme à *Jules Ferry*.
Y faut l'tomber !

Ça n'marche plus sur *Déroulède*
L'affaire devient d'plus en plus laide
Viv'Boulanger !
Ne se dit plus comme autrefois
Au contraire j'entends dire parfois
Y faut l'tomber

Pour nous, vrai, l'on s'en moque un peu
Comme socialistes l'on a beau jeu
Viv'Boulanger !
Ne fut jamais notre marotte
Nouveau *César* est à la hotte
Il est tombé !

L'ESPRIT NOUVEAU

Citoyens, voici la nouvelle :
Le gouvernement rococo
Qui nous gouverne à l'heure actuelle,
Gouverne avec l'Esprit Nouveau.

Donc de Périer jusqu'à Raynal,
En passant par monsieur Burdeau,
Chacun d'eux bat la générale
Pour recruter l'Esprit Nouveau.

Et c'est à un nommé Spuller,
Faisant office de bedeau,
Qu'incombe la tâche de faire
Des offres pour l'Esprit Nouveau.

Pour fair'des adeptes point de mal
Car ils se ramassent au boisseau
Du réac jusqu'au radical
Tout est mûr pour l'Esprit Nouveau.

Il n'habite pas la mansarde,
Il n'est point chez le populo,
C'est dans l'église qu'il s'attarde;
Clérical est l'Esprit Nouveau.

Les cléricaux sont de la fête,
Ils encensent monsieur Carnot
Qu'ils sont heureux de voir en tête
En tête de l'Esprit Nouveau.

L'abbé Garnier, joyeux farceur,
Fort heureux grossit son magot
Car c'est lui le prédicateur
Qui prônera l'Esprit Nouveau.

Vingt-quatre années de République
Et c'est toujours du même tonneau,
Comme sous l'Empire la même clique
Se sert du même Esprit Nouveau.

Mais la « Sociale » veille et demeure,
Elle entre de village en hameau
Et l'entrée du « Libre Penseur »
Fera fuir l'Esprit Nouveau.

Amis à vous je fais appel,
Groupons-nous sous notre drapeau
Pour renverser la citadelle
Qui renferme l'Esprit Nouveau.

C'est alors que voyant paraître
De « l'Athéisme » le flambeau,
Nous crierons tous : « Ni Dieu, ni maître!
Et au diable l'Esprit Nouveau! »

Mars 1894.

MOI AUSSI !...
J’VEUX ÊTR’DÉCORÉ

Il y a foule au ministère,
Quatorze Juillet, nouvel an,
Chacun veut, que sa boutonnière,
Ne reste vierge d'un ruban,
En ces jours-là, plus d'une intrigue,
Se trâme dans la société,
Ce hochet, et bien, je le brigue ;
Moi aussi !... j'veux êtr' décoré.

J'attache beaucoup d'importance,
A la couleur de cet insigne.
Le rouge aura ma préférence,
Et croyez-le bien : j'en suis digne ;
Je n'tiens pas au cordon violet,
C'est trop communément porté,
L'écarlate fera plus d'effet,
Moi aussi !... j'veux êtr' décoré.

Vous vous dites quel est le bagage,
Qu'apporte ce solliciteur,
Pour faire ainsi tant de tapage,
Afin d'avoir la croix d'honneur.
J'n'eus pas d'pot d'vin du Panama,
Et ne fut jamais député,

N'aurai-je que cette qualité-là,
Moi aussi !... j'veux êtr' décoré.

J'vends pas *Paris*, comme Canivet,
Comme Dreyfus j'vends pas la *Nation*,
Jusqu'ici, l'plus mal que j'ai fait,
C'est d'blaguer la Constitution.
Mais vous voyez par mon langage,
Que je n'ai pas démérité,
N'ayant jamais fait de chantage.
Moi aussi !... j'veux êtr'décoré.

J'fais partie d'aucun ministère,
Les conventions j'les connais pas,
Pas même celles des chemins de fer,
Ça frôle de trop près Mazas ;
L'on dit, avec justes raisons,
Que j'pousse trop loin la vanité,
Eh quoi ?... j'ai pas fait d'faux bidons,
Moi aussi !... j'veux êtr'décoré.

Sachant le ministre peu stable,
Il me faut frapper un grand coup,
Mieux qu'un autre étant décorable,
Je vais jouer mon dernier atout,
Comme Cornélius, ce bon docteur,
J'veux la plaque de grand-officier
Bien moins d'astuce; et, plus d'honneur,
Moi aussi !... j'veux êtr' décoré.

L'ASSISTANCE PUBLIQUE

> La France est un pays où l'on plante des fonctionnaires et où l'on récolte des impôts.
>
> E. et J. DE GONCOURT.

Sur l'avenue Victoria
S'élève un bâtiment qui a
Peu d'apparence.
Où le pauvre est numéroté,
Catalogué ; de plus, berné,
C'est l'Assistance.

A voir sa muraille, grise, terne,
L'on jugerait une caserne,
Quand l'on s'avance,
Qu'l'on lit sur les casquett's A P,
L'on se dit : je m'étais trompé,
C'est l'Assistance.

Comme certain's fill's, elle est publique,
Et comme ell's, elle a sa pratique
De préférence.
Et pour vous faire la charité,
Il faut avoir bien mérité
De l'Assistance.

Ell's'inquièt'de votr'candidat,
Ell's'inform'de votr'syndicat.
Pas d'indulgence
Pour celui qui a mal voté,
Il est bien sûr d'être évincé
Par l'Assistance.

Quoiqu'nous soyons en République
Et qu'elle se dise œuvre laïque,
L'on sait d'avance
Qu'les gros bonnets, les principaux
Sont tous de fieffés cléricaux
A l'Assistance.

Elle accumul' tous ses millions
Pendant qu'grossiss'nt les bataillons
De l'indigence.
Dans ses bureaux, le rond'cuir dort
Disant que la poule aux œufs d'or
C'est l'Assistance.

Avec les r'venus d'cet argent
Ell'sauv'rait plus d'un indigent
Dont la présence
Dans son logis d'une pièce cent sous
Ferait beaucoup mieux, entre nous,
Qu'à l'Assistance.

Elle a partout des succursales,

Les mairies sont les principales,
Sans influence.
Inutil' d'y avoir recours,
L'on peut se palper comm'secours
A l'Assistance.

L'on ne compte plus le suicide
Que produit chaqu' jour sa stupide
Indifférence.
Il est dû, je le crie bien haut,
Témoin la rue Henri-Régnault
A l'Assistance.

Cela ne peut durer toujours,
Il arrivera qu'un beau jour
La patience
Manquera au crève de faim.
Ce jour-là, ce sera la fin
De l'Assistance.

Electeur, tu es prévenu,
Quand tu choisiras ton élu,
Sois donc d'avance
Sûr qu'il chass'ra la réaction
Dont s'compos' l'administration
De l'Assistance.

UN AN APRÈS... ?

Il y a aujourd'hui un an.
L'électeur était en délire :
Pour lui, il s'agissait d'élire,
D'élire un nouveau Parlement.

Il y a aujourd'hui un an.
Selon les us et coutumes.
Les coups de langues, les coups de plumes
S'entrecroisaient fort méchamment.

Il y a aujourd'hui un an.
Les affiches poussaient les affiches,
Les candidats n'en étaient chiches,
Escomptant sur leur traitement.

Il y a aujourd'hui un an.
L'injure poursuivait l'injure,
Le coup de poing sur la figure
Se donnait même également.

Il y a aujourd'hui un an.
Dans Paris, la Ville Lumière,
L'affiche de l'heure dernière
Troublait l'électeur inconscient.

Il y a aujourd'hui un an.
Pour ne parler que de Plaisance,
L'on renvoyait avec aisance
Susini *corser* son accent.

Il y a aujourd'hui un an.
Michelin remplaçait Pichon;
Des deux lequel était le bon?
C'était blanc bonnet, bonnet blanc.

Il y a aujourd'hui un an.
Dans le charmant canton de Sceaux,
Les électeurs n'étaient pas sots
En élisant l'ami Coutant.

Il y a aujourd'hui un an.
Floquet, tombé par Fabérot,
Disait, ramassant son chapeau :
« Je m'en moqu', le Sénat m'attend! »

Il y a aujourd'hui un an.
Clémenceau mordait la poussière;
Cassagnac lui disait : « Vieux frère,
D' notr' politiqu' voilà l' bilan. »

Il y a aujourd'hui un an.
La « Sociale » relevait la tête
Et le « Prolétariat » en fête
Était heureux du mouvement.

Après tout ce chambardement,
Où en arrivons-nous, en somme?
Pour moi, je vois que c'est tout comme
Il y a aujourd'hui un an.

Sep'.-Oct. 1894.

LES INDISCRÉTIONS D'UN BEDEAU

Monologue Anti-Clérical

Je suis bedeau dans une église,
A *Saint-Pierre*, je n'vous dis pas l'nom,
De Montrouge, voyez ma bêtise,
Ça vient d'm'échapper, quel guignon !
N'importe, amis, sachez vous taire,
N'allez pas manger le morceau,
Je vais vous dire avec mystère,
Tout ce que peut voir un bedeau.

J'ai l'curé comme seigneur et maître,
Et, dès qu'il est monté en chaire,
Je vois la lune à moins d'un mètre,
Étant toujours à son derrière.
Si son r'pas n'a pas digéré,
Je vois, malgré qu'il soit bon fieu,
Qu'il est tell'ment embarrassé,
Qu'au diable, il enverrait l'bon Dieu.

Un' pénitente vient l'déranger,
Elle est vieille, il fait la tête !
Mais, est d'une amabilité....
Au contrair' quand il fait la quête,

C'est qu'il aime tant la pépette,
Que lorsqu'il dit un' oraison,
Il l'adresse à sainte Galette,
Car c'est la reine de la maison.

Du Baptême, le grand sacrement,
De sa personne est honoré,
On ne le reçoit autrement,
Que des mains de M. le Curé,
Et, lorsque le père est présent,
En latin le curé lui dit :
« Grand saint Joseph soyez clément,
Grand saint Joseph, priez pour lui. »

Tout derniér'ment un mariage
Mettait l'église en mouvement,
Les cloches faisaient grand tapage,
C'est qu'il y avait de l'argent.
En effet ! l'curé m'avait dit :
« Il y a d'la braise à la clé,
Bedeau, mets ton plus bel habit,
J'marie la fille du député ».

C'matin il était en colère,
Tempêtant dans la sacristie,
A cause de son premier vicaire,
Voyez c'que c'est qu'la jalousie.
Ce dernier confessait Gertrude,

La jolie brune au nez r'troussé,
Qui allait toujours d'habitude,
Fair'ça avec Monsieur le Curé.

Nous allions porter, l'autre jour,
Les saintes huiles, dans un'maison
Je me dis, c'qu'on va fair'un four,
Il n'en voudra pas ; j'eus raison,
Car à peine au seuil de la porte,
J'entends l'moribond qui lui dit :
« Va-t'en, que le diable t'emporte,
Pas besoin d'ton huile, je suis frit ! »

MOI J'FAIS PLUS RIEN !
J'ATTENDS LE TSAR !

Je viens d'apprendre une nouvelle
Qui met tout le monde en mouv'ment
C'est une visite à laquelle
N'sattendait pas l' gouvernement
Etant des premiers averti,
A Hanotaux j'en ai fait part
J'gratt' plus à partir d'aujourd'hui,
Moi j'fais plus rien ! J'attends le tsar !

Oui ! Oui ! le tsar ! ne vous déplaise,
Réjouissez-vous, pauvres gueux,
Paraît qu'il apporte d' la braise
Pour secourir les malheureux ;
A moins qu'il ne vienne en chercher
Nous l' saurons après son départ.
Qu'importe ! je n' veux plus turbiner,
Moi j'fais plus rien ! J'attends le tsar !

Sachant sa moitié fort jalouse
Pour prouver sa fidélité
Il voyage avec son épouse
(Un malheur est vite arrivé).
Aussi ai-je dit : Augustine,

Ma femme chérie, fais-toi du lard,
N' travaille plus, attend la tsarine,
Moi j'fais plus rien ! J'attends le tsar !

En c' moment les esprits s'égarent,
On se d'mand' où il arriv'ra,
A moins qui ' n' vienne sans crier gare,
Dans qu'elle gare, on le garera.
L'on va de surprises en surprises :
Je n' m'en occup' guère pour ma part,
Qu' ce soit la gare aux marchandises,
Moi j'fais plus rien! J'attends le tsar !

Nos gouvernants ne savaient guère
Où loger le grand Potentat,
Sera-ce aux Affaires Etrangères ?
Ou tout simplement rue Bréda,
Qu' ce soit n'importe où dans la ville
Moi' j' m'en tamponne le coquillard,
C'est en d' ssous des ponts que j' roupille,
Moi, j'fais plus rien! J' attends le tsar !

Faut voir le chauvin se remuer,
Ce s'ra l' plus beau jour de sa vie,
Il avait bien vu Boulanger,
Mais jamais l'Emp'reur de Russie.
Il a hâte que ce jour approche,
Pour faire œuvr' d' patriotard.

J' reste muet : un' main dans chaqu' poche,
Moi, j'fais plus rien! J' attends le tsar!

Il se pourrait que l'on se cogne,
Emportés par un' nobl' ardeur
Les uns criant, viv' la Pologne!
Et d'autres braillant viv' l'Emp'reur!
Ceux qui s'ront payés pour le faire
Pourraient r'cevoir un pied quèqu'part
Aussi aurai-je bien soin d'me taire
Moi, j'fais plus rien! J' attends le tsar!

L'on *Avellan* quatre-vingt-treize
Pour les marins fait des folies
Que sera-ce en quatre-vingt-seize
Pour l'Empr'eur de toutes les Russies?
J'aurais bien fait le sacrifice
D'un'fusée ou bien d'un pétard
Comm' enn'mi du feu d'*artifice*
Moi, j' fais plus rien! J' attends le tsar!

Dans le tuyau de l'écoutance
Un copain m' dit « ben quéqu' tu f'ras
Un' fois qui s'ra sorti d' la France
Où qu'c'est, mon vieux, q'tu boulonn'ras? »
De c'la, mon cher, je n'me soucie
J' n'aurai plus qu'à faire le lézard;
L'allouett' me tomb'ra tout'rotie
J'f'erai plus rien! j'aurai vu le tsar!

J'VAIS M'PRÉSENTER
AUX PROCHAINES ÉLECTIONS

Air de : *Béranger à l'Académie.*

Non, mes amis, non, je ne veux rien être,
Ainsi disait, l'illustre chansonnier,
En ce temps-là, il eut raison peut-être,
Mais, maintenant, le monde a bien changé!
Ce que l'on veut sur cette terre, en somme,
C'est satisfaire, toutes ses ambitions,
Le pays souffre, il lui faut un grand homme,
J'vais m'présenter aux prochaines élections. (bis)

Vous souriez, cela vous paraît drôle,
N'aurai-je pas l'étoffe de l'emploi,
Ne craignez rien, je sais déjà mon rôle,
Point n'est besoin de profession de foi.
C'est chez *Wilson*, que j'ai fait mon étude,
Reinach aussi m'a donné des notions,
Le pugilat? c'est affaire d'habitude.
J'vais m'présenter aux prochaines élections. (bis)

J'ai trop tardé, et beaucoup je regrette,
O temps passé, que n'étais-je donc là,
Comme député, j'eus doublé ma recette,
J'aurais, comme eux goûté du Panama,

Mais je l'espère, il en viendra bien d'autres,
Qui nous auront beaucoup d'*obligations*,
Chacun son tour, je crois que c'est le nôtre;
J'vais m'présenter aux prochaines élections. (bis)

Vous demandez mes idées politiques,
Je n'en ai pas, en voici la raison,
J'exècre tout, chapelles et boutiques,
L'indépendance : voilà mon seul blason,
Mais pour la forme et pour la circonstance,
J'vais déclarer nett'ment mes opinions :
Pour ne rien faire et vivr' dans l'opulence,
J'vais m'présenter aux prochaines élections. (bis)

J'suis clérical, mais, j'ai soin de le taire
D'autant qu'l'on sait que je suis franc-maçon,
Mais si j'marie un jour mon héritière,
J'tiendrais qu'ça s'pass' bien loin de la maison,
Car *rue Cadet*, je n'voudrais pas qu'l'on m'dise
Ta fill'a r'çu trop de bénédictions
J'veux m'concilier et la *Loge* et l'*Église*,
J'vais m'présenter aux prochaines élections. (bis)

Sitôt nommé il faudra que j'assure
Tous mes parents, mes amis, mes copains
De quelqu'emploi, de quelque sinécure,
De mon concours, ils peuvent être certains,
Si le bonheur enfin veut que je chipe

Un siège, je veux, garder les traditions,
Pour bien caser, Pierre, Paul, Jacques et Philippe
J'vais m'présenter aux prochaines élections. (bis)

Chers citoyens, enfin je vous répète
Comptez sur moi, sur moi comptez toujours,
Pour me trouver, venez à la buvette,
Qu'importe à moi, harangues et discours,
Et, si parfois j'escalade la tribune,
J'demande pour nous quelques augmentations,
Si j'rentre là, c'est pour y faire fortune,
J'vais m'présenter aux prochaines élections. (bis)

J'NETTOYE LES TOMBES POUR LA TOUSSAINT

Monologue Réaliste

N'y' a pas d'sots métiers, m'a-t-on dit,
N'y a que d'sottes gens chacun sait ça;
V'là pourquoi que je n'fais pas fi
De celui qu'j'exerc' et que v'la :
Chacun pour ceux qui leur sont chers,
Mettent leurs tombeaux à l'entretien,
C'est ainsi que dans les cim'tières,
J'nettoye les tombes pour la Toussaint.

Donc, quoi qu'on dise ou quoi qu'on fasse,
De faire ce travail je suis aise,
Qu'ce soit au cimetière Montparnasse,
Ou bien encore au Père-Lachaise.
Je n'crains pas d'mouiller ma guenille
C'est honnêt'ment que j'gagne mon pain,
Pour faire boulotter ma famille,
J'nettoye les tombes pour la Toussaint.

Combien qu'y en a qu'envient ma place.
N'voulant pas danser d'vant le buffet,
Ne s'rait-ce que pour sucer *un glace*

Ou s'restaurer chez l'mastroquet.
Combien d'ceux dont on approprie
La pierre tombale ou le jardin,
Voudraient dire, r'venant à la vie :
J'nettoye les tombes pour la Toussaint.

Faut croire que du temps de nos pères
On laissait croître le chiendent,
Et qu'avant nous les cimetières
Etaient fréquentés rarement.
Mais maintenant chacun se pique
D'être plus propr' que son voisin ;
Qu'à ç'la n'tienne j'fais partie d' l'équipe,
J'nettoye les tombes pour la Toussaint.

La chose peut paraître bizarre,
Mais j'y complèt' mon instruction
En y découvrant par hasard
Quelqu'intéressante inscription.
Sous ma brosse et sous mon grattoir
J'lis l'nom d'un homme d'Etat ancien,
Qu'ceux d'aujourd'hui sont loin d'valoir,
J'nettoye les tombes pour la Toussaint.

L'on ne vit pas avec les morts,
Non ; mais ils ne me donn'nt pas l'taf.
Bien souvent mêm' j'envie leur sort
Rien qu'en lisant leur épitaphe.

Pour d'aucuns l'on inscrit le rôle
Qu'ils jouèrent près du genre humain.
Mais pas un ne porte : Que c'est drôle !
J'nettoye les tombes pour la Toussaint.

Hier encore, chose véridique,
J'aperçois sur un monument
« Il est mort pour la République »,
Je restais saisi un instant.
Puis tout d'un coup je me raisonne :
D'nos jours qui aurait un' telle fin ?
Craignant de ne trouver personne,
J'nettoye les tombes pour la Toussaint.

Pour moi, quand viendra que j'succombe,
Quand finis seront tous mes maux,
Je désir'qu'on grav' sur ma tombe
Comme souvenir ces quelques mots :
« Ci-gît qu'eut pour toutes auréoles
« L'goût de son métier jusqu'à la fin.
« Voici ses dernières paroles :
« Rapp'lez vous d'moi à la Toussaint ».

HENRI ???

Hommage très respectueux à la Famille
JULES LÉGER

Moi qui hais les badauds qui s'en vont par la ville,
Pâmés à chaque instant, ravis à chaque pas,
Moi qui n'ai jamais eu l'étonnement facile,
Je viens de chez Léger et je n'en reviens pas.
J'ai vu des merles blancs, et d'aimables concierges,
Des huissiers complaisants et des danseuses vierges
Mais je n'ai jamais vu, ce que l'on voit chez lui
Un chat si surprenant que l'est ce pauvre Henri.
Oui, Mesdames ; Oui, Messieurs ; ce superbe matou,
Il ne lui manque rien... la parole... et c'est tout.
Il a de ces caresses qui font que l'on se pâme.
Un gentil miaulement, que c'est à fendre l'âme

. . . .

Eh quoi ! Qu'entends-je ? Hélas ! un certain gringalet
Qui se permet de dire : « Oh ! le joli civet ! »
Sa lèse félinerie de honte nous assiège
Sachez qu'il est bien loin, le fameux temps du siège
Ou l'on se pourlèchait, sans scrupule, tête fière
D'une gibelotte faite d'un lapin de gouttière,
Non ! non ! mon vieil Henri, crois en notre parole
Jamais tu ne verras l'affreuse casserolle.
Et pour te bien prouver que nous avons du cœur
L'on va t'en apporter pour un sou tout à l'heure.

LE BANQUET

Vérités gastronomiques

Un banquet, ça fait tous les biens;
D'ailleurs, ça resserre les liens.
L'enn'mi d'hier devient l'ami,
Tout est fini.

L'électeur y cottoye l'élu
Qu'il a bien souvent combattu.
Qu'importe, un banquet bien servi,
Tout est fini.

Lors du fameux banquet des maires,
Il en vint des réactionnaires
Qui disaient d'un air réjoui :
Tout est fini.

Nous détestions la République,
Mais vrai, ce banquet fantastique
Nous f'ra dire rentrant au pays,
Tout est fini.

Voyez l'enquête sur la Marine,
Aussitôt arrivé l'on dîne,
L' Préfet souhaite bon appétit,
Tout est fini.

Le ventre à table, la Commission
Complètem'nt oublie sa mission,
L'on revient comme l'on est parti,
Tout est fini.

Le banquet dans un' société,
Par ses membres n'est jamais raté;
Si c'est d'un malade qu'il s'agit,
Tout est fini.

Si c'est un banquet « populaire »,
Qu'il vous faille un louis pour le faire,
L'on tape vingt francs à un ami,
Tout est fini.

Si c'est un banquet d' trois cinquante,
Vous courrez de suite chez « ma tante »
Ell' vous les prête sur votr' bois d' lit,
Tout est fini.

S'il vous faut les prendr' dans l'ménage
Et que votr' femme fasse du tapage,
Dites : *C'est pour l'honneur du parti.*
Tout est fini.

Ces banquets finissent toujours
Par quantité de beaux discours
Dictés tous dans le même esprit,
Tout est fini.

Le socialiste y est bafoué
Le prolétaire y est conspué,
Car pour ceux qui n'ont pas l' radi,
Tout est fini.

C'est pourquoi l'honnêt' travailleur
Au capital n'a pas peur
De faire une guerre sans merci,
Rien n'est fini.

BAGNEUX

Il est un endroit écarté
Où l'populo est enterré
Anxieux
D'savoir si en quittant Paris
Ça ne serait point l'paradis :
Bagneux.

D'son vivant ayant tant souffert,
Pour lui la vie c'était l'enfer ;
Chanceux
Il ne l'fut qu'un jour, celui-là
Où enfin on l'conduisit à
Bagneux.

Quand de l'existence vient le terme
Et que tout doucement il ferme
Les yeux,
Le prolétaire est sûr d'avance
Qu'on lui signera sa quittance ;
Bagneux.

Après avoir longtemps trimé
Pour produir'c'que d'autr' ont mangé,
Le vieux
Pour un' fois qu'il va en voiture,
C'est pour rejoindre sa sépulture :
Bagneux.

Peu de temps avant de mourir,
A l'Assistance il fit écrire :
« Messieurs,
« Je demande à être secouru » ;
Mais on lui avait répondu :
« Bagneux. »

Avant d'rendr' le dernier soupir,
Un calotin va lui venir
Hideux,
Dir'que c'est au ciel qu'il ira
Mais, en attendant, qu'il aille à
Bagneux.

A la vue de cet homme noir,
Le moribond perd tout espoir,
Et mieux
S'il comptait rester, c'est un four,
C'est de suit' qu'il partira pour
Bagneux.

Il laissera femme et enfants
Forcés d'implorer les passants
Honteux ;
On leur fera la charité,
Sans pour cela leur éviter
Bagneux.

Ne possédant pas une thune
Il va droit à la fosse commune :
Tant mieux,
On l'couchera près d'un inconnu
Qui comm'lui n'aura jamais vu
Bagneux.

Remémorant leurs existences,
Se souvenant de leurs souffrances,
Les gueux
S'diront v'la la rente de l'Etat,
C'est d'nous envoyer pourrir à
Bagneux

J'FAIS JAMAIS GRAS L'VENDREDI-SAINT

Aux Athées Socialistes

Je m' souviens, j'ai tell'ment d'mémoire,
Qu'étant encore emmailloté,
L'Saint vendredi, j'voulais pas boire
Le lait qui m'était présenté.
Tout d'un coup, je cessais de rire,
Mes menottes repoussaient le sein
De ma nourrice, semblant lui dire :
J'fais jamais gras, l'Vendredi saint.

Y'a d'ces gens qu'ont la conviction
Qu'en faisant maigr' l' ciel les attend,
Et qui, suivant leur religion,
Au lieu d'viande, s'envoyent un hareng.
Quand de Pâques, l'avant-veille arrive,
Moi, j'boulotte pour quat'sous d'boudin :
Un' chopine me rince la gencive.
J'fais jamais gras, l'Vendredi saint.

Je me suis bien vu en ce jour
N'avoir qu' deux ronds pour déjeuner;
J'pouvais pas m'payer du Véfour,
Y'm'fallait pourtant croustiller.
Mes deux rotins trouvaient leur place;
Un pour les frites, un pour le pain
Arrosé d'un gob'let d'Wallace.
J'fais jamais gras, l'Vendedi saint.

La servante de la baronne.
Ce jour-là demande un congé.
— Vous pouvez le prendre, ma bonne,
Mais gardez-vous bien d'un péché.
— Madame, je vous prie, n'ayez crainte,
Je n'ai point de désir malsain:
Demain, je vous reviens *en sainte*
J'fais jamais gras, l'Vendredi saint.

A la table du gros bourgeois,
De l'évêque, voire même du curé,
Ce vendredi il y a choix:
Le repas est toujours varié,
Vraiment! cela vous fait sourire.
Voyant poul' d'eau, sol' au gratin,
Combien, comme eux, qui voudraient dire:
J'fais jamais gras, l'Vendredi saint.

T'nez ce jour-là, l'année dernière.
Il nous vient du monde à dîner.
Ma femme se lamente, quoi leur faire ?
Moi, j'étais fort embarrassé,
Quand mon fils, mauvais garnement,
V'nait d'tordr' l'cou à un lapin !
Nous l'avons mangé .... autrement.
J'fais jamais gras, l'Vendredi saint.

C'est la journée où la bigote.
Fait visite à son confesseur,
Dans cette petite parlotte,
Ils s'appellent : mon père et ma sœur.
— A mal n'auriez-vous pas pensé,
Ma sœur, quelquefois, ce matin ?
— Mon père, laissez-le moi jurer,
J'fais jamais gras, l'Vendredi saint.

Chez moi, c'est ma belle-mère qui trône ;
Nous devions même aller ce soir
Avec elle, pour entendr' l' prône,
Que doit faire l'abbé Du Rasoir.
Pour v'nir là, j'la lâche comme un vent,
A la porte de Saint-Augustin,
Dam ! ça n'm'arrive pas si souvent,
J'fais jamais gras, l'Vendredi saint

ÇA N'PAYE MÊME PAS SON MASTROQUET

Lamentations d'un bistrot

J'suis marchand d'vins, avec tristesse,
Je m'amène ici comme un fou,
En effet, voyez ma détresse,
L'on m'doit, je n'reçois pas un sou.
Quand l'ouvrier touch' son salaire,
Au Temple, il s'achète un complet,
L'reste est pour son propriétaire :
Ça n'paye même pas son mastroquet.

Tenez, c'est dimanche, pas plus tard,
De loin je suivais un client,
Dans la fête de Vaugirard,
(Y m'doit un' chopine de vin blanc)
Voyez donc comme les gens sont rosses,
Il achète deux sous un paquet
De biscuits, qu'il donne à ses gosses :
Ça n'paye même pas son mastroquet.

Aujourd'hui, j' vais voir un' bonne femme,
Qui m' devait seiz'sous d'puis un an,
« Je sais vous les d'voir, dit la dame,
« Mais vrai ! c'est un fichu moment,
« C' matin j'avais deux francs cinquante,
« Pour le Mont-d'-Piété, m' les fallait. »
Ça r'tire son mat'las d'chez « ma tante »,
Ça n' paye même pas son mastroquet.

J'avais cru devoir faire à l'œil,
Un d'mi-s'tier à certain garçon :
Je lui avais fait bon accueil,
Il n'avait pas l'air d'un fripon.
Mal m'en a pris, va t' faire lanlaire :
Il fait, tout près d' mon cabaret,
La queue à la « Soupe populaire »,
Ça n' paye même pas son mastroquet.

Un passant s' fait servir un verre,
Le boit et d'mande certain endroit,
Je m'empresse de le satisfaire,
C'était un filou fort adroit,
Car, il s'était fait la sauvette,
Ayant soin d'laisser son cachet,
J'ai dû nettoyer la lunette,
Ça n' paye même pas son mastroquet.

J'arrive un jour dans un' famille,
Pour réclamer c' qui m'était dû.

L'on me répond, d'un air tranquille :
« Ça n'est plus dû, puisque c'est bu. »
Je voulais me mettre en colère,
Quand, sur moi, ils lâch'nt leur roquet.
Ça a chien, chat, femme et belle-mère.
Ça n' paye même pas son mastroquet.

L'autr' jour, y avait élection,
Comm' beaucoup j'allais faire mon d'voir
Quand je rencontre, dans ma section,
Un de ceux qui restent m' devoir,
« Je n' mets plus les pieds, dans ta turne,
« M' dit-il, tu vois, j'ai du toupet,
« Comme toi, j'mets mon bull'tin dans l'urne. »
Ça n' paye même pas son mastroquet.

Lorsqu'arrive un' journée de fête
L'ouvrier jamais ne la manque,
Bien au contraire, il est en tête,
La veille on lui a fait la banque.
Il dit que le jour le plus beau
C'est encor le quatorze juillet,
Il parle de planter un drapeau !
Ça n' paye même pas son mastroquet.

J'ai assez du métier qu' j'exerce,
Des affaires je veux m' retirer,
Mais avant de quitter l' commerce

Je veux dire la vérité :
Certains bonshommes sont dégoûtants,
Nuit et jour ça trim' sans arrêt,
Ça a jusqu'à quatorze enfants,
Ça n' paye même pas son mastroquet.

L'APPAREILLEUR

(RENGAINE D'ATELIER)

Air de : *De Belleville à Ménilmontant*

Sait-on dans un'marbrerie,
Qui fait l'beau temps et la pluie,
Lequel joue au grand seigneur,
C'est un maître.
Sait-on qu'a les amygdal's
Sèches, qui s'fait rincer la dalle,
Y'en a qu'n' y'a pas d'erreur
C'est l'Appareilleur. (bis)

Sait-on lequel qui vous suit
Quand l'on rentre dans un débit
Sous le prétexte de voir l'heure.
C'est un maître.
L'on sait, cela est certain,
Qu'c'est pour s'enfiler du vin :
D'la boîte quel est l'plus licheur
C'est l'Appareilleur. (bis).

Du chantier au cimetière
Voyez comme il marche fier
D'aucuns croient que c'est l'empereur,

C'est un maître.
Du cimetière au chantier
Voyez comme il marche altier
De lui l'ouvrier à peur
C'est l'Appareilleur, *(bis)*

Mais moi jamais je n'me blouse
Et quand j'apérçois sa blouse
Je crie pet au travailleur,
C'est un maître.
Car il tient que l'on l'respecte
Vu qu'il coudoie l'architecte
Des deux quel est l'plus crâneur
C'est l'Appareilleur. *(bis)*

Sait-on qui guette le moment
Qu'vous vous r'posez un instant
Pour vous flanquer bas une heure,
C'est un maître.
Sur tout il est épineux
Et si l'on l'trait'de *raileux*
Lequel qui rentr' en fureur
C'est l'Appareilleur. *(bis)*

Tailleurs de pierre, marbriers
Y compris les jardiniers
Et pour vous messieurs les scieurs
C'est un maître.

Il faut bien lui savoir plaire
Car dès qu'il vous a dans l'blaire
Lequel fait votre malheur
C'est l'Appareilleur. (bis)

S'il fait cornard l'ouvrier
C'dernier n'a qu'à s'incliner
A tout seigneur tout honneur
C'est un maître.
Quand il fera votre feuille,
Amis faites en votre deuil
L'on peut travailler ailleurs
Sans Appareilleur. (bis)

DU PAIN!

AU CITOYEN VICTOR BARRUCAND,
promoteur du **Pain gratuit**

Aïr de : *J'attends.*

Depuis votre plus tendre enfance,
Parmi vos pleurs, parmi vos cris,
Amis, n'avez-vous souvenance,
De ceux que vous fîtes jadis.
Vous demandiez, sans aucun doute,
Quoiqu'en un langage incertain,
Vous demandiez, coûte que coûte :
Du pain! du pain! du pain!

A ton tour, pauvre mercenaire,
Près de toi, l'on jette ce cri;
C'est ta famille toute entière
Qui a faim et qui te le dit.
La maladie fit la trouée,
Hélas! sur ton modeste gain,
Pourtant il faut pour la nichée
Du pain! du pain! du pain!

Sur ce banc, que fait là cet homme
Loqueteux, qui s'est endormi,

Peut-être ne sait-il en somme,
Qu'il est des asiles de nuit.
Mais, remarquez comme il est pâle,
Il nous fait signe qu'il a faim,
Du moribond, voici le râle,
Du pain! du pain! du pain!

Avec tout l'or que l'on dépense,
Que de pauvres pourraient manger,
Tant pour la soi-disant défense,
Que pour ce qu'on donne au clergé.
Pour ce dernier, ce parasite,
Qu'importe qu'on crêve de faim,
Puisque la France lui débite
Du pain! du pain! du pain!

D'aucuns ont demandé naguère
« Il nous faut du pain ou du plomb »,
Et tout en maudissant la guerre,
Je trouve qu'ils avaient raison.
Qu'importe si la faute est grande,
Le malheureux est être hnmain,
C'est pour lui que je vous demande
Du pain! du pain! du pain!

LES ON DIT

Air : *Quel cochon d'Enfant*

On dit que j'ai la peau lisse (1),
Ne le croyez pas.
On dit que j'suis d'la police,
Ne le croyez pas.
On dit qu'j'aime la gigolette,
Ne le croyez pas.
Moi je préfère la galette,
Je le dis tout bas.

On dit que j'aime la Wallace,
Ne le croyez pas.
Que j'aime à sucer un'glace,
Ne le croyez pas.
Que j'adore siffler un verre,
Ne le croyez pas.
Faut mieux qu'ça pour m'satisfaire,
Je le dis tout bas.

L'on m'dit mal dans mon ménage,
Ne le croyez pas.

---

(1) Voir l'Auteur.

Que souvent j'fais du tapage,
Ne le croyez pas.
Que j'frappe à tort à travers,
Ne le croyez pas.
Quand j'cogne c'est sur ma belle-mère.
Je le dis tout bas.

On dit que j'fréquente la p'louse,
Ne le croyez pas.
Qu'quand joue jamais je n'me blouse,
Ne le croyez pas.
Dir'que j'joue pas mieux vaut m'taire.
Ne le croyez pas.
J'joue avec ma ménagère,
Jé le dis tout bas.

On dit qu'j'veux une ambassade.
Ne le croyex pas.
Qu'au Sénat j'veux faire parade,
Ne le croyez pas.
Dire que j'n'ai pas d'préférence,
Ne le croyez pas.
J'en pinc'pour la Présidence,
Je le dis tout bas.

On dit qu'j'aime les gens d'Eglises,
Ne le croyez pas.
Que j'coupe dans leurs balourbises,

Ne le croyez pas.
Qu'les curés j'les idolâtres,
Ne le croyez pas.
J'veux simplement qu'lon les châtres,
Je le dis tout bas.

On dit que j'aime les concierges,
Ne le croyez pas.
Qu'pour eux j'fais brûler des cierges,
Ne le croyez pas.
Si l'on dit qu'j'les ai dans l'blaire,
Ne le croyez pas.
Que s'rai-ce du propriétaire,
Je le dis tout bas.

On dit que j'suis sans patrie,
Ne le croyez pas.
Qu'suis un fervent d'l'anarchie,
Ne le croyez pas.
Qui dit ç'là est un fumiste,
Ne le croyez pas.
J'suis tout bonn'ment j'menfoutiste.
Je le dis tout bas.

On dit que j'connais l'Négus,
Ne le croyez pas.
Que j'suis bien avec Dreyfus,
Ne le croyez pas.

Que c'dernier n'a pas d'complices,
Ne le croyez pas.
Un coup d'œil dans les coulisses,
Je le dis tout bas.

On dit que j'suis journaliste,
Ne le croyez pas.
D'aucuns me croient publiciste,
Ne le croyez pas.
D'autr's m'saluent comme auteur,
Le chapeau bien bas.
J'suis un simple balayeur,
Je le dis tout bas.

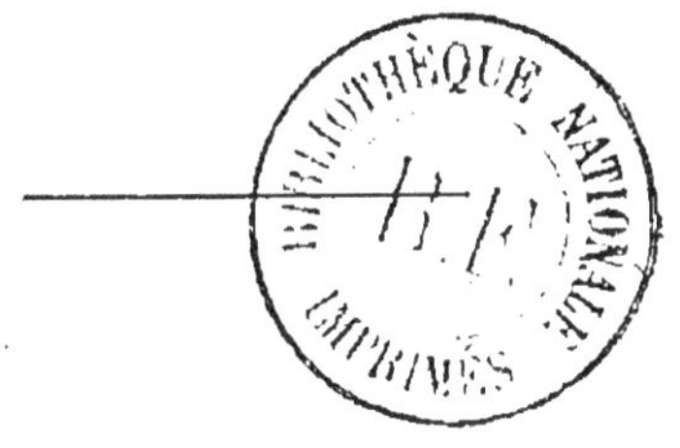

Imprimerie d'Ouvriers Sourds-Muets, 111 ter, rue d'Alésia

IMPRIMERIE DE SOURDS-MUETS
111 *ter*, RUE D'ALÉSIA, PARIS

www.ingramcontent.com/pod-product-compliance
Ingram Content Group UK Ltd.
Pitfield, Milton Keynes, MK11 3LW, UK
UKHW020331220726
13923UKWH00003B/1497

9 782019 300395